CLEMENS WALTER

NUR DIE MUTIGEN ENTKOMMEN

DIE EINZIG WAHRE GESCHICHTE VON ARTUR & ARTUR

Der Chronik Erster Teil
Kindheit, Aufbruch,
Verwandtschaft & Verpflichtung

: TRANSIT

Ähnlichkeiten mit lebenden
Personen, Ereignissen oder
Vorhaben sind ganz und gar
zufällig, ergeben sich freilich wie
von selbst, ohne darum weniger
schrecklich zu sein.

Entspannen Sie sich.
Sie sind am Ziel.

ZUM GELEIT

Mag es in Wahrheit vielleicht nie so gewesen sein wie es bisweilen scheint, wenn sich die Pforten zwischen Wirklichkeit und Träumen leise öffnen:

Wer es sich endlich erlaubt, dem Flug der Nachtigall in die Zeit der Kindheit zu folgen, wer, begleitet von den Melodien längst vergessen geglaubter Kompositionen, weit und weiter fliegt, die Phantasie nun unbewacht, in die Nächte heißer Sommer am Meer, die durchzogen sind von vertrauten Düften, dem wird es gelingen, Stück um Stückchen aus all diesen Jahren wiederzufinden.

Unbeugsame Hoffnungen und nie zu früh erfüllte Wünsche kommen empor, Erröten und die fassungslos geballten Fäuste, überschäumende Freude wie bitterlichste Trauer. Dann sehen wir uns wieder, viel zu ernsthaft, um je ernst zu werden, lachen ohne Furcht, die Augen voller Tränen und werden tanzen und das zurückfordern, was uns gehört, auch die Luft zum Atmen. Hier ist sie, die einzig wahre Geschichte von Artur & Artur, von bunten und verzweigten Familien, die schließlich den Arturs das Leben schenken und an deren Entwicklungen die zwei auf ihre Art teilhaben. In diesem ersten Teil der Chronik folgen wir den beiden bis zu jenem Abend, von dem an sich alles ändern sollte.

Ich bin kein Freund der
Belletristik. Ich setze mich lieber
mit der Realität auseinander.
Hajo Gadaschewski

Die Realität ist nur ein Abklatsch
unserer großen Romane.
Arno Schmidt

KINDHEIT, AUFBRUCH, VERWANDTSCHAFT & VERPFLICHTUNG

Artur & Artur sind aufgewachsen in den Landschaften, die wir kennen, mit den Hunden, Katzen, Kühen und Hühnern und Schweinen, zwischen Sekt und Drops und Rosenkohl, dem rotgesichtigen Bürgermeister und dem korrupten Pastor, der bigotten Gemeindeschwester und dem blöden Polizisten ebenso wie dem berufsjugendlichen Lehrer und dem pensionierten Offizier, der sich, dem Trunk ergeben, noch immer für was Besseres hält.

In einer Gegend, von der es heißt, daß Handwerk dort noch goldenen Boden habe und jeder seines Glückes Schmied sei. Wo die Luft im Frühling nach gepflügter Erde und im Herbst nach Kartoffelfeuern duftet und des Morgens nach frischem Brot — in einer Gegend, wo man in so abwegige Stimmungen kommt, einen wie den stumpfen Alten auf der Bank gegenüber vor dem eternitverkleideten Fachwerkhaus leutselig zu fragen, ob ihm wohl sein Pfeifchen schmeckt. Dann, obwohl der Blick hier weit geht bis zum Horizont, und du dich irgendwann in diese Landschaft hättest einbauen mögen, dann weißt du wieder, warum auch du nicht hattest bleiben können. Denn eines Tages, während wir noch Pläne schmiedeten, beginnt das Leben.

Auch Artur II denkt selten an die Zukunft; sie kommt früh genug, meint er.

Viele, die guten Willens sind, wollen es nun endlich wissen: Wer ist eigentlich Artur? Wo kommt er her? Was war vor ihm, was kommt danach? Wer die reine Wahrheit erfahren will, muß damit rechnen, daß ihm nichts, aber auch gar nichts erspart bleibt. Volles Tageslicht ist manchmal ziemlich grell. In der Tat verhält es sich so, daß wir es mit zweien ihrer Art zu tun haben, und noch viele glauben fest, die beiden auf dem Foto seien Brüder, Zwillinge gar. Das aber ist ein Irrtum.

Artur I grübelt oft: "Nur weil ich in der Minderheit bin, heißt das noch lange nicht, daß ich recht habe."

Bekanntlich sollte man rechts und links nicht verwechseln. Der linke also, der Artur, der die Hände scheinbar verlegen ringt und unter Vorbehalt in diese unsere Welt blickt, ist Artur II. Rechts neben ihm, mit diesem insubordinanten Ausdruck um Nase, Mund und Kinn, dessen Hände tief in die Hosentaschen vergraben sind, ist Artur I. Richtig ist also erstmal, daß beide Knaben Artur heißen. Im Prinzip stammen sie ja auch aus derselben Familie. Aber nur im Prinzip.

Machen wir uns nichts vor: Familiengeschichten sind zwar manchmal rührend und gleichwohl erstaunlich lehrreich; sie können einen schlichten Menschen gewaltig erschüttern, haben letztlich aber doch etwas Quälendes. Gnadenlos nehmen sie immer wieder den Verlauf, den man von vornherein ahnte: Geburt, Tiefen und Höhen des Lebens, Tod. Aber — wo sonst beginnen und wo denn sonst aufhören? Alles was wächst, wächst langsam. Und da auch wir die Zukunft nicht fürchten und die Vergangenheit nicht übermäßig ehren sollten, beginnen wir mit dem Anfang.

Lange bevor es auf Mallorca zum ersten Mal schneite, lebten in dem kleinen Dorf Nebel, weit, weit hinter Fallersleben, neben einigen anderen Menschen zwei große Familien. Die eine war die Familie Suhlich, die andere die Familie Zwilch. Die Suhlichs, Raoul und seine Frau Hertha, hatten drei Töchter, Drillinge, und dazu einen Stiefsohn, den Ewald, aus der ersten Ehe Herthas, geborene Riebenzel.

Es ist wahrhaftig nicht einfach und hat sehr viel Zeit beansprucht, Klarheit in die Verwebungen und Verwicklungen der beiden Familien zu bringen. Glücklicherweise kam später auch der Zufall zuhilfe, jedenfalls die Grundlinien können deutlich gezeichnet werden. Details freilich müssen weiteren Nachforschungen vorbehalten bleiben. Raoul Suhlichs Herkunft zum Beispiel konnte so ganz nicht erhellt und aufgeklärt werden. Es heißt, in jungen Jahren sei er ein überaus begabter Silberschmied irgendwo in der Levante gewesen und habe es dort zu bescheidenem Wohlstand bringen können.

15 **Raoul Suhlich als Waldhornbläser einer freien Kapelle. "Machen Sie Musik, aber spielen Sie niemals Karten. Schon gar nicht mit Leuten wie Ihnen selbst", hatte man ihm als jungem Mann geraten.**

Andere wiederum behaupten, er sei im Grenzbereich Armeniens nicht ganz erfolglos als Geldwechsler tätig gewesen und weiteren schwer zu durchschauenden Verrichtungen nachgegangen. Nach Nebel jedenfalls ist Raoul Suhlich in ganz offensichtlicher, aber unaufdringlicher Armut als Waldhornbläser einer freien Kapelle gekommen, die auf dem dornigen Weg quer über den Kontinent bis nach Nebel einen zweifelhaften Bekanntheitsgrad erworben hatte.

Die Drillinge in einem Sommer an der See, intuitiv mit dem Einstein'schen Gedanken vertraut, daß das Wichtigste sei, mit dem Fragen nie aufzuhören. Ihnen war es im Prinzip egal, was sie machten, Hauptsache, sie waren nicht allein.

Hertha Suhlich, verehelicht mit besagtem Raoul und Mutter sowohl Ewalds aus erster Ehe als auch der Drillingsmädchen Hermine, Gertrud und Mathilde, Hertha also stammte, wie schon erwähnt, aus der Familie Riebenzel. Sie war mit ihrem armen alten Vater und ihrem älteren Bruder Kurt aus dem fernen Baltikum, wo sich die Wurzeln der Familie verlieren, auf die Insel Föhr verschlagen worden.

Bis zum frühen Tode der Mutter hatten Herthas Eltern immer wieder versucht, eine Art Stammbaum der Familie Riebenzel zustande zu bringen, ein ebenso wunderliches wie loyales Bestreben, gewisse Familientraditionen wachzuhalten (aber Langlebigkeit kann Familien auch zugrunde richten).

17

Diese Aufnahme zeigt Hertha Riebenzel ungefähr ein halbes Jahr vor ihrer Heirat mit Raoul Suhlich. Sie wußte, was die Stunde geschlagen hatte.

Fotos sind leider nur wenige erhalten. Es war damals zwar neu und überaus modern, sich ablichten zu lassen, aber ein derartiger Luxus hätte die Mittel der Riebenzels bei weitem überschritten.

Mutter Riebenzel, eine geborene Jensen, war durch die Entbindung ihrer Tochter Hertha kräftig geschwächt worden. Sie hatte alsbald das Zeitliche gesegnet und liegt im Baltikum begraben. Der Tod hat ihr manches erspart.

Herthas Eltern.
Seelisch in einem beklagenswerten Zustand und dringend behandlungsbedürftig, aber stumm der Lektüre des kleinen Katechismus ergeben.

Vater Riebenzel hatte sich in jener Zeit zwar voller Inbrunst, aber erfolglos als Laienprediger versucht. Sowohl sein Lebensweg als auch theologischer Sendungsauftrag drohten sich im Dunkel der norddeutschen Backsteingotik zu verlieren, aber eine gütige Fügung machte ihn später zum Leichenbestatter der Wismarer St. Clemens-Kirche auf dem ihr angeschlossenen Friedhof für Heimatlose.

19 **Mathilde (links) und ihre Schwestern während ihrer Schülerinnenzeit; "Wir wissen, wo's langgeht", hieß ihre pessimistische Devise.**

Diesen Beruf hat sein Enkel Ewald später kurzfristig übernommen. So war denn auch Heinrich Riebenzels Wahlspruch stets: "Freuet Euch, daß Eure Namen im Himmel geschrieben sind" (Luk. 10,20). Und wenn die Glocken der Kirche läuteten, pflegte er das Haupt zu senken und zu reimen: "Manche geben's, andere nehmen's — so klingt die Glocke von St. Clemens."

Kurt Riebenzel, Herthas Bruder, als Jungpastor in Norddeich.

Kurt, einige Jahre älter als seine Schwester Hertha, hatte sich bereits frühzeitig entschieden, die Ansätze seines Vaters Heinrich weiterzuverfolgen und in der diffusen Zone der Theologie ein Studium zu beginnen und Erfüllung zu finden. Die erworbenen Testate wiesen ihn als zwar lebhaft und begabt, dem Studiengange der Religionswissenschaft jedoch nicht immer gewachsen aus.

21 **Pastor Kurt Riebenzel unmittelbar vor seiner Einschiffung nach Kamerun. "Männer wie wir: gedemütigt, verlassen und gekränkt. Trotz allem aber voller Zuversicht!", hatte er seinem Tagebuch anvertraut.**

Nichtsdestoweniger gelang es ihm, als Jungpastor in Norddeich unterzukommen. Ob die blumenreich verschlüsselte Bewertung seiner Person und seiner Studienleistungen ein Beweggrund dafür gewesen ist, daß Kurt es liebte, sein Gesicht mit den ungewöhnlichsten Barttrachten zu schmücken, wer mag es entscheiden?

Kurt als Missionar in Kamerun. Sein Status als Außenseiter hatte ihm den Blick für die Lügen der Konvention geschärft.

Ebenso muß im Dunkeln bleiben, was Kurt bewogen haben mag, Missionar in Afrika zu werden. "Des Menschen Wille ist sein Himmelreich", seufzte Vater Heinrich, als er davon erfuhr. Kurt Riebenzel sollte es später in Kamerun gut treffen. Er fand sein Auskommen, wurde respektiert und missionierte voller Eifer, allerdings nicht ohne die Schlange des Zweifels in seiner Brust zu nähren.

23 **Kurt als erfolgreicher Großwildjäger.**

Die Auswanderung war eine schwere Prüfung für ihn gewesen. Nach zweijähriger, trotz mannigfacher Anfechtungen segensreicher Tätigkeit zwischen den grünen Hügeln Afrikas lernte Kurt die Farmerstochter Lisbeth und auch die Freuden der Großwild-Jagd kennen. Er überwarf sich mit seiner Kirche, präsentierte sich eine Zeitlang stolz als Großwildjäger, zog aber dann mit Lisbeth auf die Farm ihres Vaters.

Kurt, vom Leben gezeichnet, mit seiner Frau Lisbeth, drei boys und Lisbeths einfältigem Bruder Ernst auf der Farm seines Schwiegervaters.

Lisbeth hatte ein schweres Leben und sie war nicht immer guter Dinge, doch weil sie sich ausschließlich von Naturkost ernährte, vermochte sie ihren Gatten in aufreibende Liebesabenteuer zu verwickeln, weswegen Fachleute heute nicht ausschließen, daß Kurt temporär unter einer afrikanischen Variante alzheimerscher Schübe gelitten hat, zumal man in den Tropen ohnehin stets durch einen Feuchtigkeitsfilm von der Realität getrennt ist. Nichtsdestoweniger hat der ehemalige Pastor noch im hohen Alter tiefschürfende Aufsätze über die intrinsischen Effekte afrikanischer Gräser und Meditationsrituale verfaßt. In einem seiner späten Manuskripte notierte er dramatisch am Rand: "Ich realisiere, daß ich gar nicht der große Jäger, sondern eher eine kleine Knackwurst bin. Mögen sich andere ihren Senf dazu denken!" Lisbeth und Kurt sind kinderlos geblieben und ihre Spuren verwehte der Wind.

25 **Der kleine Ewald Semmelrogge, später Suhlich, knapp zwei Jahre alt, kurz vor dem Umzug nach Nebel.**

Beide sollen von aufgebrachten Siedlern erschossen worden sein, als sie verhindern wollten, daß ein grundlos des Viehdiebstahls angeklagter Eingeborener erhängt werden sollte.

Nun aber zu Herthas erster Ehe, einer Liebesheirat mit dem ebenso erlesenen wie unterbezahlten wissenschaftlichen Ornithologen und Freizeitpoeten Friedhelm Semmelrogge. Sie wurde auf Föhr geschlossen. Zwei Monate bevor der kleine Ewald das Licht der Welt erblicken sollte, kam Friedhelm auf tragische Weise bei der Beobachtung von wild nistenden Truthähnen ums Leben.

Links Ewald, dann Hermine, Gertrud und Mathilde Suhlich. Die vier hielten schon damals alles für möglich, Albträume inbegriffen.

Wie der Brauch es vorschrieb, trug Hertha ein Jahr lang das Schwarz der Witwen, nahm dann jedoch entschlossen wieder ihren Mädchennamen Riebenzel an und zog mit ihrem Vater und Klein-Ewald gemeinsam nach Nebel, wo sie, wie wir inzwischen wissen, mit Raoul Suhlich zum zweiten Mal die Ehe einging und schließlich der Drillinge Hermine, Gertrud und Mathilde genas.

27 **Das schmucke Anwesen der Suhlichs, zur damaligen Zeit bereits mit drei Kaminen. Im Garten wurden fröhliche Sommerfeste zur Pflege gutnachbarschaftlicher Beziehungen veranstaltet.**

Niemand hätte damals geglaubt, daß dieses Photo eines Tages in die Öffentlichkeit gelangen könnte.

Das Haus der Suhlichs gehörte zu den Geheimnissen in Nebel. Aus dem wenigen, was Nachbarn und andere Neugierige von ihm gesehen hatten und wußten, konnten sie unschwer schließen, daß es eines von jenen Häusern war, das völlig zu besitzen sich nicht einmal seine rechtmäßigen Eigentümer vormachen dürften. Auch wurde von entschieden eigenartigen Veranstaltungen im Hause der Suhlichs gemunkelt, bei denen fremdländische Rauchgewohnheiten und Rituale gepflegt worden sein sollen. Aber wie so häufig auf dem Lande will keiner etwas gesehen und gerochen haben. "Wat den eenen sin Uhl, is den annern sin Nachtigal", hieß es, und darauf ließ sich aufbauen.

29 **Ewald Suhlich (erster links) mit Kollegen nach der Innungsprüfung zum Leichenbestatter.**

Als junger Mensch hatte Herthas Sohn Ewald in Nebel das Handwerk des Leichenbestatters gelernt, um das Vermächtnis seines Großvaters Heinrich zu erfüllen. In dieser Zeit verlor Ewald das Bedürfnis nach menschlichen Kontakten. Er sah am Tag so viele tote Leute, daß es für den Abend reichte.

Um den Rest von Lebensgefühl zu konservieren, hatte Ewald begonnen, pausenlos zu rauchen.

Mit äußerstem Widerwillen war er dann zum Militärdienst eingezogen worden. Wie er später glaubhaft berichtete, hatte er eine Weile erwogen zu desertieren. Die Infanterie behinderte nämlich die Entfaltung seiner Persönlichkeit nachhaltig und heftig. Außerdem, so führte Ewald stets ins Feld, habe er eine schlechte Körperhaltung, ein unterentwickeltes Ehrgefühl und sein Kulturbegriff sei mehr als liederlich.

31

Mathilde, Gertrud und Hermine mit Ewald, als er zum Militär eingezogen worden war. Wenn man einen guten Tag hat, dann soll man ihn voll auskosten, da waren sie sich einig.

Ewald (links) in Tsingtau auf Landgang mit Kameraden von SMS Hansa.

Hartnäckig betrieb Ewald seine Versetzung zur Marine; kurz vor Kriegsende gelang es ihm, Bootsmann auf der "Markgraf" zu werden. Seine Dienstzeit war infolge der militärischen Entwicklungen bald herum, doch da er das Meer lieben gelernt hatte, musterte er bald bei der Handelsmarine an. Ewald hatte übrigens bei der christlichen Seefahrt viel von der Welt sehen können und es war ihm vergönnt, sein Leben freizeitorientiert und in Schonhaltung zu gestalten. Die letzte Aufnahme von ihm als Seemann stammt aus Tsingtau, wo die SMS "Hansa" Reis und Soja aufnehmen sollte.

33 **Ewald Riebenzel als alter Mann und inzwischen Alleininhaber der Handelsgesellschaft "Concordia" in Bremen.
Den Ring an seiner Hand trägt er, wie er sagt, nur aus Pietät und Takt.**

Am 20.7. allerdings wurde die "Hansa" mittschiffs von einer Treibmine getroffen,und sie sank innerhalb weniger Minuten. Von diesem Vorfall hat sich Ewald nie wieder richtig erholen können. Er war überzeugt, nur noch auf dem Festlande und als Teilhaber der Handelsgesellschaft "Concordia" sein Heil finden zu können; so weit ging der Schaden. Balsam allerdings empfing seine Seele durch eine alte Bekanntschaft, die wir nachtragen müssen.

Edeltraud auf dem Weg durch die Gärten, um Ewald zu treffen. Sie ist auf die ausgefallensten Wünsche eingerichtet.

Bereits im zarten Knabenalter hatte Ewald den Traum von der ganz großen Liebe erleben dürfen; böse Zungen erklärten damit seinen Hang zur See. Die um fünf Jahre ältere Krämerstochter Edeltraut Sagebiel jedenfalls wich damals nur selten von seiner Seite. Hätte Ewald nach seiner Leichenbestatterlehre und einer kurzen Tätigkeit in diesem Beruf nicht partout von der Infanterie zur Marine gewollt — es hätte eine so überaus glückliche Verbindung werden können.

35 **Ewald und Edeltraud beim Durchblättern eines Aufklärungsheftchens. Treue und Leidenschaft, mehr hatten sie nicht nötig.**

Dennoch ist Edeltraut ihrem Ewald über die Jahre als Teilzeitliebhaberin und allen Unbilden zum Trotz gewogen geblieben. Immer, wenn ihn sein Weg nach Nebel führte, sah man sie zusammen in der kleinen Konditorei am Kirchhof sitzen. Es wird sogar behauptet, Ewald sei der leibliche Vater des Mädchens Lilli, welches Edeltraut später gebar. Keiner weiß Genaues, niemand will etwas gesagt haben, und Edeltraut, inzwischen mit einem Buchhalter namens Havekost aus dem nahen Quickborn verehelicht, schwieg sich beharrlich aus. Der gute Ewald blieb emotionaler Selbstversorger. Nun zu Lilli.

Lilli hatte, viel früher als andere Kinder (wenn überhaupt), damit begonnen, die wichtigsten Werke der Weltliteratur zu studieren.

Lilli, ungefähr vier Jahre alt. Auch sie wußte: irgendwann kommt der Moment, wo das Eis am Stiel schmilzt.

Für den Photographen mußte Lilli gerade die Lektüre von Lewis Carolls "Alice im Wunderland" unterbrechen. Unschwer erahnt man ihre Sehnsucht, ein wirklicher Mensch zu sein, und die ganze tiefe Traurigkeit in ihren dunklen Augen. Elf Jahre nach dieser Aufnahme, an einem Mittwochmorgen früh um Punkt fünf Uhr, verließ Lilli das Haus ihrer Eltern.

37 **Lilli, drei Tage bevor sie ihr Elternhaus verlassen sollte.**

Ein zerknülltes Taschentuch, das Mutter Edeltraut in der Küche fand, und eine kurze Notiz, die sie auf ihrem Bett zurückgelassen hatte: "Irgendwas in mir und meinem Leben habt Ihr jahrelang nicht wahrgenommen. Ich werde meinen Spaß haben. Das ist die einzige Sache, die man nicht kaufen kann. Lilli." — das waren die letzten Zeichen dieser früh Gereiften.

Weinend war die Mutter zusammengebrochen und hatte geschluchzt: “Wie konnte sie uns das antun? Wir haben ihr doch alles im Leben gegeben. Wir haben nie an uns, immer nur an sie gedacht! Wie furchtbar einsam muß sie doch gewesen sein!” Ein Freund von Ewald, ein gewisser Paul, will Lilli an einem Freitag morgens um neun Uhr in der Nähe des Anhalter Bahnhofs in Berlin gesehen haben. Angeblich soll sie sich dort mit einem Automobilverkäufer getroffen haben, den dieser Paul nun wieder versehentlich von einem Flohmarkt kannte. Seither ist Lilli verschollen. Irgendwann kam das Gerücht auf, Lilli würde in einem Frauenreformhaus Rezepte für Flugsalbe verkaufen; einfachste Nachforschungen entlarvten dieses Gerücht als völlig haltlos. Lillis Zimmer aber ist bis heute unverändert geblieben, und auf ihrem kleinen Hocker aus Rohrgeflecht liegt, noch immer aufgeschlagen, “Alice im Wunderland”.

Der geneigte Leser, bis hierher vorgedrungen, wird mit Ungeduld und Recht darauf warten, endlich mehr über die eingangs nicht von ungefähr erwähnte Familie Zwilch und insbesondere Artur & Artur zu erfahren.

39 **Wilma Zwilch, geb. Kowalski, kurz nach der Geburt ihres dritten Kindes, der Tochter Agathe. Wilma war 21 Jahre jünger als ihr Mann Hubert.**

Großvater Zwilch, ausgebildeter Feintäschner, hatte bereits in den fünfziger Jahren ein kleines Lederwarengeschäft in Nebel eröffnet. Zusammen mit seiner Frau Wilma war er aus dem süddeutschen Raum übergesiedelt. Die Anfangsschwierigkeiten des Geschäfts aber ließen es zunächst nicht zu, daß Wilma und Hubert, so hieß der Großvater, Elternfreuden erleben durften.

Hubert Zwilch, bereits 64 Jahre alt, mit den Kindern Julius, Agathe und Luise.

Hubert war hoch in den Fünfzigern, als Wilma ihm nacheinander die Kinder Luise, Julius und Agathe schenkte und jene die seltene Gnade der späten Geburt erleben durften.

Die Familie der Mutter läßt sich nur schemenhaft zurückverfolgen. Es muß wohl im Böhmerwald gewesen sein, wo ihre Wiege stand. Einmal hatte ein Zirkus in dem Dorfe haltgemacht, und die nicht mehr ganz kleine Wilma war tagelang mit leuchtenden Augen und brennenden Wangen dabeigewesen. Am Sonntagmorgen aber war das fahrende Volk verschwunden. Verzweifelt hatte Wilma nach dem Zirkus gesucht. Sie lief dabei tief durch die Wälder nach Nordwesten, durchwatete Bäche und ehe sie sich versehen hatte, waren Grenzen überschritten. In einem Wirtshaus dann lernte sie den Wandergesellen Hubert Zwilch kennen, der seine Speise aus dem irdenen Schüsselchen mit ihr teilte. Über ein kleines fanden die zwei Gefallen aneinander. Hochzeit hielten sie in Wegscheid bei Passau. Wilma begleitete ihren um so viele Jahre älteren Ehemann hinauf nach Norden, wo sie dann in Nebel das besagte Lederwarengeschäft eröffneten.

Den Zirkus hat sie nie wieder gefunden; auch Versuche, mit ihren Eltern und Verwandten, der Großfamilie Kowalski, wieder Kontakt aufzunehmen, verliefen ergebnislos. All ihre Briefe bekam sie ungeöffnet wieder mit dem Vermerk: "Zurück!" Die Jahre gingen ins Land, die Kinder wuchsen auf, und Mutter und Vater versuchten vergeblich den Eindruck zu erwecken, sie seien weise geworden. Agathe aber, die Jüngste, hatte Zirkusblut in sich, und so wurde sie Kunstreiterin bei einer holländischen Reitertruppe. Anläßlich einer Galavorstellung wollte sie ihren weit über die Lande berühmten einarmigen Handstand vorführen — da ist sie vom Pferd gestürzt und im zarten Alter von knapp 24 Jahren tödlich verunglückt.

Luise und Wahnfried bei ihrer ersten gemeinsamen Promenade. Sie war prinzipienfest, er eher anhänglich.

Ihr Bruder Julius dagegen verliebte sich heftig in eine dänische Bierbrauerstochter, lebte mit ihr in der Nähe von Kopenhagen, und mit 62 Jahren, kurz nach dem Tode seiner Frau Tove, war es ihm trotz seines verdienstvollen, makellosen und eigentlich langweiligen Privatlebens vergönnt, aus einem Delirium nicht mehr zu erwachen.

43 **Luise Zwilch und Wahnfried, geb. Niedergesäß, mit Backenbart**

Da Tove und Julius nie Kinder hatten haben wollen, erhielt seine Schwester Luise, die das Lederwarengeschäft der Eltern in Nebel unermüdlich weiterführte, ein überaus willkommenes Zubrot aus dem Erbe.

Luise war lebenslänglich eine recht sportliche und demzufolge attraktive Frau. Noch heute gilt sie als eine der allerersten Radfahrerinnen Norddeutschlands, die es gegen böse Drohungen gewagt hatte, in Rock und ohne Korsett das Velo zu besteigen. So war es sicherlich auch kein Zufall, daß sie bei einer Radpromenade den Museumsdiener Wahnfried Niedergesäß kennenlernte, der ebenfalls mit dem Zweirad unterwegs war.

Luise und Wahnfried Zwilch in der Blüte ihrer Jahre.

Welch ein schönes Paar: Luise aus der Avantgarde der Radfahrerinnen und Wahnfried Niedergesäß in seiner schmucken Museumsdieneruniform. Zwei Menschen die sich gefunden hatten, unkompliziert, modern, weltoffen und voll der unaufdringlichen Herzensgüte.

So war es denn auch kein Wunder, daß Wahnfried seine junge Frau bat, als Familiennamen doch den älter eingesessenen Namen Zwilch statt Niedergesäß anzunehmen. Sie heirateten unter dem Namen Zwilch. Wahnfried ließ sich einen famosen Backenbart stehen, den er allerdings bald wieder abnahm, und beide führten das Nebeler Lederwarengeschäft in satten Erfolg.

Die Drillinge der Familie Zwilch, Alfred, Bertram und Hugo.

Über eine Weile wurden ihnen die Drillinge Alfred, Hugo und Bertram geboren, was eigentlich als nichts Außergewöhnliches zu der damaligen Zeit schien, war doch Nebel bekannt für überzufällig häufige Mehrfachgeburten. Völlig aus der Art schlug allerdings Bertram. Er war und blieb kleinwüchsig und von einer niederschmetternden Verstocktheit. Während Alfred und Hugo fast alles gemeinsam taten, ging Bertram zeitlebens eigener Wege. Auch sah er stets leicht düster aus.

**Joseph Zwilch mit zwei Jahren,
hölzern wie sein Spielzeugpferd.**

Die Drillinge waren schon vier Jahre alt geworden, da wurde den Zwilchs ein vierter Knabe geboren, der Nachzügler Joseph. Auch Joseph hatte eine betont eigene Art. Stets war er menschenscheu und wollte

47 **Joseph kurz vor seinem dreizehnten Geburtstag. Seine Steifheit hatte krankhaft zugenommen.**

sich schon als kleines Kind nur höchst ungern photographieren lassen. Überaus naturverbunden liebte er es, durch Wälder und Moore zu streifen, doch sein Ehrgeiz war größer als die Begabung.

Sie hatten aufgehört, Dinge zu tun, die zu Hause aus moralischen, sozialen oder legalen Gründen inakzeptabel waren, denn ihnen war klar geworden, daß es keinen Sinn hat, Betrüger zu sein, wenn jeder brave Bürger einer ist.

Die vier Jungen der Familie Zwilch wuchsen und gediehen, ein jeder auf seine Art. Es existiert noch dieses eine gemeinsame Foto von Alfred, Hugo und Bertram, als sie einen unzweideutigen Salon in Flensburg aufsuchen wollten. Alle späteren Aufnahmen zeigen entweder nur Alfred und Hugo, oder, jeweils einzeln, Bertram oder Joseph.

Vater Wahnfried, noch immer auf dem Rade.

Etliche Jahre, bevor Alfred und auch Hugo sich in Nebel verehelichten, hielt es Joseph nicht mehr in der Enge des kleinen Ortes. Kaum war er 17 Jahre alt geworden, als er seinen Eltern und Brüdern erklärte, er müsse nun in die Natur, er wolle nach Bayern.

Vater Wahnfried übergab Joseph eine nicht unbeträchtliche Anzahl Goldstücke, die Mutter weinte, umarmte ihn und wünschte bitterlich, er möge in der Fremde sein Glück finden.

Lisbeth auf der Veranda des Gasthofs.

Fast drei Jahre sollte es dauern es, ehe man in Nebel wieder etwas von Joseph hörte. Eines Tages kam ein mit Lisbeth und Joseph unterzeichneter Brief im Ledergeschäft an. Mutter Luise las ihn am Mittagstisch vor: "Ihr Lieben alle, seit über zwei Jahren leben Joseph und ich hier im Süden unseres Vaterlandes, im Oberbayrischen, in einer

51 **Ein späteres Bild von Joseph, in seinem guten Sonntagsjanker und mit Hirschfänger: Bewegungsunlustig, wasserscheu, dem Hochprozentigen zugeneigt.**

eheähnlichen Gemeinschaft zusammen. Joseph fühlt sich hier bei uns sehr wohl. In der Früh geht er auf die Gamsjagd, nachmittags schlägt er Ulmen und Bergahorn für den Ausbau unserer Almhütte, am Abend geht er in die Wirtschaft und trinkt einige Weizenbiere.

Joseph verweilt gern des Abends in der Schenke. Hier mit Lisbeth und Freunden.

Joseph spielt inzwischen ausgezeichnet Schifferklavier; bisweilen singt er dazu revolutionäre Heimatlieder. Wir Bayern vermeiden ja das Abstrakte. Bis bald vielleicht einmal in Nebel. Mit unserer ganzen Liebe, Lisbeth und Joseph. N.B.: Wir legen Photographien von uns bei. Wie ihr seht, geht es uns gut."

Die Zwilchs schauten sich gerührt die Aufnahmen an, als es aus Bertram herausbrach: "Auch ich werde Nebel und euch alle verlassen. Das Leben will es so!"

53 **Eine der letzten erhaltenen Aufnahmen von Luise und Wahnfried. Etwa vier Jahre danach sind beide binnen eines Jahres verstorben. Erst Luise, dann er.**

Am gleichen Tag noch nahm er sein Fahrrad, radelte zum Bahnhof und kaufte sich von seinen kümmerlichen Ersparnissen ein Billett zwoter Klasse nach Berlin. Am Montag darauf war es soweit. Bertram reiste ab aus Nebel, die Hunde bellten und seine Mutter weinte.

Bertram: "Du kannst deine Bewegungsfreiheit verlieren, du kannst deine Hoffnung verlieren, aber deine Neugier verlierst du nie."

Es sollte auf immer sein. In seinen Träumen hatte er eigentlich Regisseur oder Politiker werden wollen, aber auf unerklärliche Weise wurde er Anwärter für den gehobenen Staatsdienst, kaum daß ein Jahr in der alten Hauptstadt vergangen war. So kam es, daß Bertram bei klarem Bewußtsein und in einer Haltung ruhigen Trotzes bis ins dreißigste Jahr hinein sein Leben als Hauptvorsteher der städtischen Hundesteuerstelle Schmargendorf vertat.

Bertram saß viel. Für seinen Dienstanzug hatte er sich gewissenhaft gleich zwei Hosen anfertigen lassen.

So recht unwohl fühlte er sich die ersten Jahre eigentlich nie; er rationalisierte die Zumutungen des Amtes einerseits dadurch, daß auch er zu der verbreiteten Lebenslüge tendierte, das scheinbar glückliche System umsichtigen Handelns in der Hundesteuerstelle würde auch von ihm abhängen und wäre ohne sein stetiges Zutun nicht zu realisieren. Zum anderen kompensierte er seine tendenzielle Verelendung durch überaus vitale Vollzüge: Noch immer pflegte er, durchtrainiert und begeistert, das Fahren mit dem Rade. Bei jedem Wind und Wetter kam er unerbittlich mit dem Velo zum Dienst, doch wie aus heiterem Himmel geschah dies dann am 30. November, zwischen den Kriegen, zum allerletzten Male.

Anselmo Nannini, Pelzmodist aus Parma, dessen Tochter Bertram angeblich mit Haut und Haaren verfallen war.

Ihm trotz allem gewogene Menschen, jene, in deren Augen sich noch viele Jahre später die Trauer über ihre eigene Ohnmacht spiegelte, wenn der Name Bertram erwähnt wurde, diese Leute vermuten nach wie vor in stiller Beharrlichkeit, hinter seinem Entschluß habe eine total verrückte Liebe gestanden, die den armen Bertram in seinen mittleren Jahren noch umfassend ereilt habe. Man munkelte von der ältesten Tochter eines norditalienischen Kürschners, wiewohl etwas blaustrümpfig, so doch mit den fiebrig glänzend-vielversprechenden Augen der Menschen des Südens. Nichts davon ist wahr.

Wahr ist vielmehr, daß unserem Bertram seine Tätigkeit unerträglich sinnlos vorkam, daß er es bitter und bitterer leid geworden war, sich im Amtsgebäude von ehemals kriegsfreiwilligen Kollegen, die gegen den Widerstand der zivilisierten Welt zu Einfluß gekommen waren, markig die Hand drücken und dabei stahlig-cretös anglotzen zu lassen und deren lächerliche Mußmaßungen zum Ganzen und Großen anhören zu müssen.

Trotz bequemer und buntschillernder Lebenslügen und eines, wenn auch nicht pompösen, so doch regelmäßigen Einkommens war ihm deutlich und immer unausweichlicher geworden, daß schleichend der Ekel dort beginnt, wo Kreativität getötet wird, daß ihm seine Zeit zerrann wie Sand in den Händen eines Narren. Und es war für Bertram der Tag gekommen, da er sich eindringlich fragen mußte, ob er nicht dabei sei, sein Leben mißzuverstehen, ob er nicht den Schluß ziehen müsse, daß Beamte, die ihrer Versorgung entgegendämmern, keine menschlichen Wesen sein können. Er war zum Frisör gegangen, während der Dienstzeit, und nicht zurückgekommen. Er hatte auf seinen schillernden Titel, selbst auf die ihm zustehende Altersversorgung, schlicht verzichtet und ist nie wieder in der Behörde und in seinem Amt gesehen worden.

Bertram hatte sich dem Leben von da an autodidaktisch zugewandt. In seinem Glück ahnte er an diesem Tag noch nichts davon, daß ihn, bedingt durch sein jahrelanges unbarmherziges Radfahren, schon bald eine Darmabsenkung als auch eine beginnende Blasenschwäche heimsuchen würden.

Nach diesem letzten Tag im November soll Bertram angeblich überall draußen im Lande gesehen worden sein. Unterwegs. Eines stimmt: Er hatte sich ein gebrauchtes dänisches Lastenfahrrad gekauft, auf dessen Ladefläche er einen laubgesägten Klappständer geschraubt hatte, der stabil und leicht zusammenzupacken war. Von diesem Fahrrad herunter verkaufte er aus dem Ständer allenthalben die ergreifendsten Ansichtspostkarten. Noch weit in die sechziger Jahre sah man ihn, um den Hals ein kleines Mikrophon, dessen Kabel zu einem batteriegespeisten Verstärker unterhalb des Postkartenständers führte, in den unwirtlichen Fußgängerzonen der mittleren und großen Städte, dann und wann auch auf dem platten Lande vor den Metropolen.

59 **Standhalten oder fliehen: Nur starke Naturen sind solchen Anblicken gewachsen.**

Bisweilen kam Bertram unterwegs an verlassenen und trübseligen Bahnhöfen vorüber. Er zog sich die Schuhe aus, radelte in angemessener Panik davon und suchte Orte, die seinem Geschäft und Naturell entsprachen.

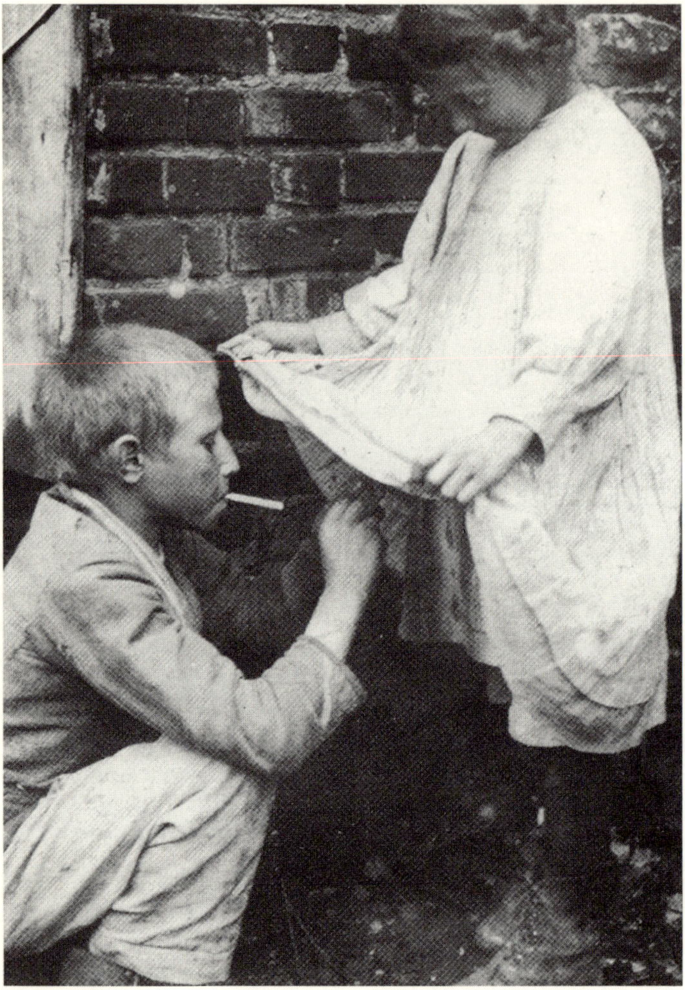

Zum allergrößten Entzücken der streunenden kids trug Bertram sozialpädagogisch wertvolle Geschichten vor. Nach jeder Erzählung machte er eine bedeutungsvolle Pause und versuchte sodann, dem Vernehmen nach nicht ganz ohne Erfolg, den Leuten Postkarten zu verkaufen.

61 **Bertram mit Sportfahrzeug, Sonntagsanzug und Medaillen.**

Seine Slogans waren: "Bei mir bekommt ihr die Briefmarken noch zum alten Preis" oder: "Wer keine Postkarten schreibt, muß sich nicht wundern, wenn er nie Briefe bekommt!" Das überzeugte sein Publikum.

Immer wieder sonntags zog Bertram gern seine guten Sachen an, am liebsten den unauffällig-falbfarbenen Bohnensuppenanzug aus seiner Zeit bei der Hundesteuerstelle. Dann holte er sein gut abgefettetes Sportrad aus der Remise eines befreundeten Bauern und radelte fröhlich pfeifend durch die Gegend, Freundinnen und Bekannte besuchen. Zu seinem Bedauern aber verfügte Bertram nicht über hinreichend Mittel, seinem Fernweh in gewünschtem Ausmaß zu Wasser und zu Lande nachgehen zu können. Nicht ohne Stolz trug er wenigstens die Medaillen von all den Marathons, an denen er teilgenommen hatte, auf seiner linken Brust.

Die Jahre holperten vorüber, und auch Bertram wurde älter und grau. Gepeinigt von seinem Leiden, was sich noch verschlimmert hatte, weil er gegen die Kälte auf den Straßen und Plätzen hin und wieder nicht unerhebliche Quantitäten zweifelhaften Branntweins zu konsumieren sich angewöhnt hatte, zog Bertram sich eigenbrötlerisch ins Norddeutsche zurück. Er hatte, so schien es, jeglichen Bezug zur Wirklichkeit und allen Verantwortungssinn verloren, auf eine Art, wie es niemandem zu wünschen ist.

Späten Trost und wohl auch Genugtuung hatte er bei den französischen Aufklärern, insbesondere bei Molière finden können. Ein zerlesenes Halblederbändchen von dessen "Menschenfeind" trug er stets bei sich, im Grunde nur zur Sicherheit, denn Bertram konnte über dreihundertzweiundvierzig Stellen auswendig. Allerdings gab er sie nur von sich, wenn er angetrunken war. Ein Standardzitat hatte er freilich immer parat, wenn ihn Ordnungshüter oder ein blöder Passant ärgerten: "Mein Herr", sagte er und hob dabei die Augenbrauen, "die Sache ist nicht einfach! In Fragen der Kunst sind wir alle sehr empfindlich." Dann wischte er sich den Mund und fügte hinzu: "Molière, falls Sie wissen, was ich damit sagen will", nahm sein Lastenfahrrad und verschwand seiner Wege.

Als es ihm dann allzu arg wurde, gelang es Bertram, aus dem kargen Erlös seiner Ansichtskarten eine trostlose Einfachreinigung mit Wäscherei am Rande von Klein-Denkte zu erwerben. Am Abend sitzt er nun bei Bier und Branntwein in dumpfer Stube und träumt noch immer davon, endlich den etwas abwegigen Versuch zu unternehmen, Molière neu zu übersetzen.

Einen Anfang, sich zu befreien hatte er bereits gemacht, und es hatte wehgetan. Über dem Bücherregal neben dem Fernseher hängt ein Rahmen an der Wand, schief, ohne Bild, ohne Glas und ohne Passepartout. Auf das Stückchen umrahmter Tapete hat Bertram in dick Lila geschrieben: "Mein Wesen will in diesem Klima nicht gedeihen. Mir fehlt das nötige Geschick, um meine Sachen zum Erfolg zu führen. Aufrichtig sein, mehr kann ich nicht. Kann niemandem nach dem Munde reden und nicht verbergen, was ich denke. Ein solcher Mann ist hier nicht sehr daheim. Ich will mir ein Stück Erde suchen, weit entfernt, wo man die Freiheit hat, so ernst zu sein, wie man muß." Und darunter: "Molière. Neu übersetzt von B.Z." Das Z war ihm etwas verrutscht, eher sah es aus wie ein S.

Was die anderen betraf, mußte es natürlich kommen wie in all diesen grauenerregenden Familienserien, bei denen man immer meint, sie verliefen wie im richtigen Leben. Die Wirklichkeit ist eben doch eindrucksvoller und überzeugender als die Phantasie. Wie wir wissen, hatten die beiden Söhne Joseph und Bertram Nebel verlassen, um anderswo ihr Glück zu machen. Alfred und Hugo dagegen waren geblieben und bauten mit Umsicht und Fleiß das Zwilch'sche Ledergeschäft zu einer veritablen Manufaktur aus. Sie gönnten sich nur wenig Zeit für private Kurzweil und Vergnügungen, und, wie das eben so ist in der freien Wirtschaft, zählte das Unternehmen nach einigen Jahren bereits 24 Mitarbeiter. Die Spezialität des Hauses waren "Lederriemen, bahnenweise naßgestreckt und wasserdicht verleimt."

Die weiblichen und männlichen Mitarbeiter der Lederwarenmanufaktur Wahnfr. Zwilch & Söhne. "Dieser Betrieb besitzt die Voraussetzungen für hervorragende Leistungen", stand auf einem Schild im Comptoir.

Alfred und Hugo genehmigten sich höchstens mal einen Eiergrog oder drei, vier Biere in der Runde mit dem Arzt und dem Apotheker und manchmal auch dem Lehrer am Stammtisch des Dorfkruges von Tina Meyer; ihr Leben war Mühe und Arbeit, und sie verzweifelten nicht. Das Erbe ihrer Eltern war ihnen Mahnung und Verpflichtung geworden. Beide gaben ein Beispiel ab für die Folgen jenes unausgegorenen Denkens, das Menschen dazu bringt, sich für das kleinere Übel zu entscheiden.

Ein einziges Mal, im Sommer, fuhren die beiden Brüder auf eine zehntägige Erholungsreise nach Amrum. Dieser Aufenthalt tat ihnen so recht gut, denn hier nun endlich geschah auch, worauf schon alle warteten: Alfred und Hugo lernten auf einem Tanzfest im Watt — wie konnte es wohl anders sein — Gertrud, Hermine und Mathilde kennen, die Drillinge der Familie Suhlich.

Das Tanzfest im Watt. "Dann tanzt doch endlich!", hatte der einbeinige Photograph vergeblich gerufen.

Der Strandvogt von Amrum, gleichzeitig Tanzmeister beim Fest, war eingefleischter Junggeselle. Seine Liebe waren das Meer, der Wind und die Wellen. "Und außerdem", meinte der alte Hagestolz, "außerdem bin ich doch viel zu alt, um mich nochmal zu verlieben." Er hatte sich den Fünfen nur der Symmetrie halber zugesellt, wie er später verlegen erklärte, während er sein von einem Angelhaken geschlitztes Ohr rieb.

67 **V. l. n. r.: Hermine, Hugo, Gertrud, Alfred und der Strandvogt am Stand von Amrum.**

Was weiter geschah, ist schnell berichtet. Da Alfred und Hugo bekanntlich immer alles zusammen angehen ließen, verliebten sie sich Hals über Kopf in zwei der Drillinge, Alfred in Gertrud und Hugo in Hermine. Ein grundgütiges Schicksal wollte, daß es den beiden jungen Frauen ebenso erging. Mathilde aber blieb allein in ihrem Strandkorb. Sie war schon immer eine sehr wählerische und selbstbewußte Person, und es schien nicht, als ob sie etwa traurig gewesen wäre. Sie ging für sich am Strande auf und ab, lauschte dem ewigen Locken des Meeres und schrieb lange, lange Briefe.

Die Drillinge mit Hugo & Alfred auf Amrum. Sie hatten begriffen, daß das Leben potentiell schön ist.

Die gemeinsame Hochzeit in Nebel war bald beschlossene Sache, schließlich kannte man einander im Ort schon seit Jahren und grüßte sich artig. Es wurde ein rauschendes Fest; alle aßen, tranken und waren guter Dinge. Der Konsum italienischen Schaumweins soll denkwürdig gewesen sein.

69 **Gertrud, Alfred, Hermine und Hugo bei einem kleinen Ruhepicknick auf dem Rückweg nach Nebel. In Kleidern und Anzügen sehen die Leute immer gleich ganz anders aus, oder?**

Kurz nach ihrer Doppelverlobung hatten sich die beiden Brüder der Mode der Zeit angepaßt und Schnurrbärte stehenlassen. So ein Bart kann einen Menschen ebenso verändern wie eine Kopfbedeckung, aber ein Brautkleid tut auch das Seinige.

Waren es zuvor Alfred und Hugo, die alles gemeinsam taten - nach der Doppelhochzeit sind sie zu viert. Hier bei einem Ausflug mit den Krädern in die Heide.

Mathilde, als sie sich entschlossen hatte, zur Bahnhofsmission Kreiensen zu gehen.

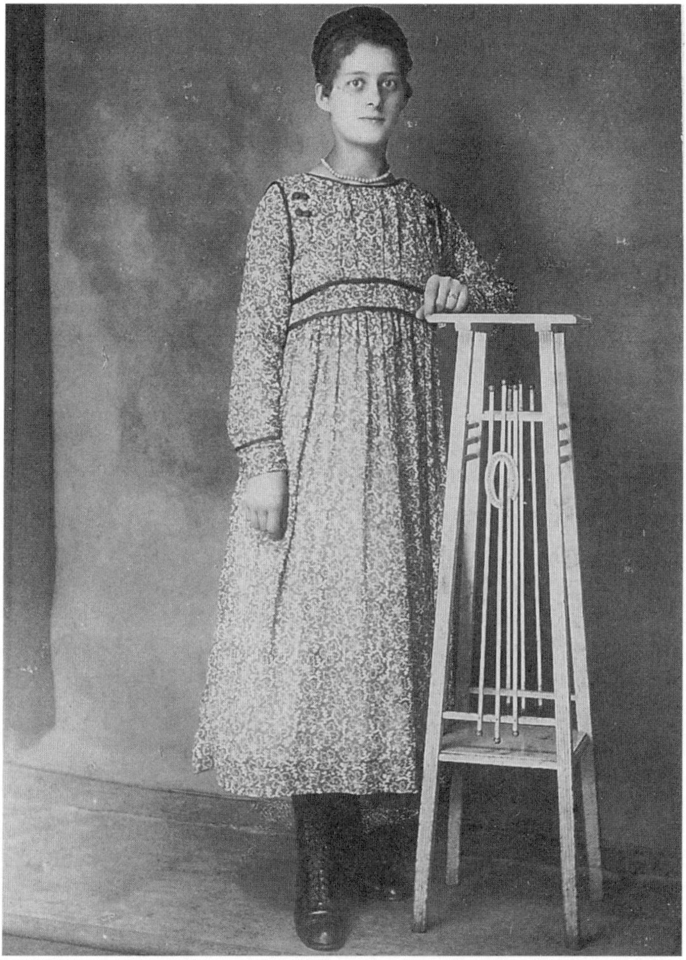

So war es damals und so ist es noch heute: Aus Suhlichtöchtern wurden Zwilchfrauen. Mathilde dagegen hat bald nach der Hochzeit ihrer Schwestern der Familie und auch Nebel den Rücken gekehrt. Sie, die schon immer eine gewisse Neigung zum Reisen gehabt hatte, wurde Betreuerin bei der Bahnhofsmission Kreiensen.

Mathilde in der Bahnhofswirtschaft Kreiensen (sitzend), während einer Pause von ihrer aufopferungsvollen Arbeit in der Bahnhofsmission.

Allerdings blieb sie nur wenige Monate dabei, und es wird gesagt, sie sei dann mit einem Sinti aus der Camargue in den Zug nach Süden gestiegen und nie wieder aufgetaucht. "Salud y pesetas y mucho amor y tiempo para gustar los!" will ein Schaffner gehört haben, als ihr Begleiter ihr ein gelbliches Getränk aus seiner Taschenflasche anbot.

Umso bemerkenswerter ist es, daß viele Jahre später es ausgerechnet einer der beiden Arturs und seine spätere Lebensphasengefährtin Zora sein sollten, denen Mathilde, wenn auch über Umwege, wieder begegnete — doch wir greifen wieder vor.

73 **Gertrud und Hermine am Polterabend. "Wir Frauen fordern mehr Durchblick!", haben die beiden, so wird berichtet, noch zu später Stunde lauthals im Duett gekräht.**

Halten wir also fest, daß Gertrud, Hermine, Alfred und Hugo sich gemeinsam kennengelernt, sich gemeinsam, also jedenfalls am gleichen Tage, verlobt und — natürlich — auch an ein und demselben Tag geheiratet hatten. Wen wundert es da noch, daß eine jede der beiden Frauen nach der üblichen Frist mit einem gesunden Knaben niederkam? Und erschütternderweise, als hätte es eine geheime Verabredung gegeben, nannten beide Elternpaare ihre Sprößlinge Artur!

Das Brautpaar Alfred und Gertrud.

Nun gut, sie hatten wohl doch unbewußt gewisse Komplikationen geahnt, und so erhielten die Kleinen jeweils Doppelnamen.

Das Brautpaar Hermine und Hugo.

Der eine wurde mit Felix-Artur (der Glückliche) und der andere mit Klemenz-Artur (der Milde, der Sanftmütige) in das evangelisch-lutherische Geburtsregister von Nebel eingetragen.

Die Familien Zwilch und Suhlich anläßlich der Doppelhochzeit in Nebel. "Eine Scheidung ist zwar teurer als eine Hochzeit", hatte ein angeheirateter Onkel geflüstert, "aber dafür hält die Freude länger an".

Die Knaben wurden allerdings niemals mit ihren Doppelnamen gerufen. Alle machten es sich einfacher und nannten sie — endlich darf der Leser aufatmen — Artur I und Artur II oder, noch einfacher, Artur & Artur.

Die beiden waren von ihrem ersten Lebensjahr an wie Brüder, ja wie Zwillinge. Ähnlich ihren Vätern und Müttern waren sie unzertrennlich, machten alles gemeinsam und stellten also die aberwitzigsten Dinge an.

So war das damals: Kinder und sogar Hunde wurden für die Arbeit auf dem Lande erbarmungslos eingesetzt.

Artur & Artur wuchsen in Nebel heran, und sie pflegten den Grundsatz, die einzige Art etwas zu lernen, sei die, es zu tun.

Sie fühlten sich dort wohl, wo sie verstanden wurden. Und wenn den beiden Arturs einmal etwas mißlungen war, dann grinsten sie sich an und sagten wie aus einem Mund: "Wir fangen noch einmal an. Wir geben nicht auf!"

Ja, Artur & Artur hatten eine Kindheit wie im Bilderbuch, in Liebe und in doppelter Freiheit: frei von Motivationsproblemen und faulen Tricks konnten sie das Anachronistische, Vitale, Ungekünstelte unserer unerfüllten Träume erschließen und damit frei bleiben für Ungeniertheiten: ungehobelt und prall, wie eine frische Tätowierung in weicher Haut.

Von Gestalt eher untersetzt, kantig und felsig, mit unergründlichen Herzen, gaben sie das schöne Händchen nie, trugen das Haar nicht gescheitelt und machten schon gar keinen Diener. Auch sonntags waren ihre Fingernägel nur selten rein.

Artur & Artur, gekämmt, mit sauberen Fingernägeln und im beklemmenden Sonntagsstaat.

Eltern, Großeltern und selbst einige Nachbarn tolerierten und liebten sie erstaunlicherweise trotz alledem. Oder gerade deshalb? Was wissen wir schon.

81 **Eine der seltenen Ablichtungen des Direktors der Schule. Hier bei einem fast schon gescheiterten Versuch, Arturs Mitschüler, dem naseweisen Günter, ein für alle Mal klar zu machen, daß die ganze Sache mit der wasserlosen Brotsuppe nur ein Scherz sei.**

In der Schule gaben ihnen nicht etwa die erbaulichen und belehrenden Texte und Aufgaben, sondern das Weiße zwischen Buchstaben und Zeilen Orientierung und Halt. Konstruktiv, wie sie waren, ließen sie sich von den Forderungen des Lehrplans nicht hinreißen.

Artur I durfte bei diesem Schulphoto der Jungen nicht dabei sein. Dem Photographen war im letzten Moment aufgefallen, daß auf der Schiefertafel geschrieben stand: "Unser Lehrer haut uns".

Hatten sie quer zum linierten Papier geschrieben und wurden ermahnt, reagierten sie unbelehrbar, doch lächelnd mit kurzen und spröden Ausdrücken: Zu allem bereit, aber zu nix zu gebrauchen. So lasen sie auch nur selten die anmaßenden Bücher für die Jugend. Mit den herausgerissenen Seiten von "Heidi" entzündeten sie Feuer in ihrer selbstgegrabenen Erdhöhle, um Fische zu grillen.

Natürlich wurde am gleichen Tage auch eine Photographie der Mädchen aus der Nebeler Schule angefertigt.

Ihre Lektüre war das Bilderbuch des Lebens, und sie nutzten die Chancen, die es ihnen eröffnete, strichen durch Speicher und Schuppen, konnten den Ruf des Brachvogels nachahmen und waren stets dabei, wenn Fuchs und Hase sich gute Nacht wünschten.

Die Schuhmacherwerkstatt lag hinter dem Dorfrand, etliche Steinwürfe von Wilhelm Herfurths Bäckerei entfernt. Wenn auch viel kleiner, so war sein Haus jedoch durchaus ähnlich konstruiert und erbaut worden.

So oft es eben ging, besuchten sie den alten Schuster in seinem Keller am Dorfrand. “Er soll ja Kommnist und Deserteur gewesen sein!” wurde im Dorf getuschelt, aber erstens wußten weder Artur noch Artur, was das zu bedeuten haben, und außerdem waren des Schusters Keller viel zu aufregend und seine Geschichten viel zu atemberaubend, als daß sie irgendetwas davon hätte abhalten können, zu ihm zu gehen. Überdies — was man ihnen verbieten wollte, das regte sie besonders an: Sie stiegen auf Leitern, um über Mauern und Hecken zu schauen und liefen lebensgefährlich weit ins Watt, weil sie wissen wollten, wohin das Meer verschwindet.

"Es ist hingegen viel schwieriger, die Schuhwichse wieder in die Tube zurückzudrücken", schmunzelte der Alte.

So bunt wußte dieser Schuster von Kesselflickern, Seefahrern, Söldnern, von Reichen, Bettlern und von Dieben zu berichten, daß die zwei fasziniert an seinen Lippen hingen und nachhaltig das Maß für Zeit und Raum verloren.

Auch daß er über die Meere gefahren sei, erzählte er, nach Jamaika, Port Royal (nahe dem heutigen Kingston), was zu seiner Zeit die Fluchtburg der Ausgestoßenen und Gesetzlosen, Freibeuter, Diebe und Huren gewesen war. "Deren Lebensgeschichten" sinnierte der Schuster, "sind von anderen aufgeschrieben worden, von Abenteurern aus zweiter Hand sozusagen, die diese Lebensgeschichten

Das schlichte Wohnhaus der Zwilchs bot dienstfertigen Menschen Unterkunft und Auskommen. Artur & Artur hier mit Schirmmützen, die sie später so gerne noch tragen sollten.

gesammelt und als Vorlagen für Erzählungen von Piraten und Schatzsuchern, Morden und schäbigen Glitzerwelten benutzt haben, um noch heute besonders den jungen Lesern wohlige oder eiskalte Schauer den Rücken hinunterzujagen."

Dann schien es ihnen, als lebe die ganze Welt in diesem Schusterkeller. Und so geschah es, daß sie nicht länger glauben konnten, was man ihnen weiszumachen suchte, und auch nie mehr, daß die Friedhöfe voller unersetzlicher Männer und Frauen seien. Neugierde hieß für sie: Losgehen, ohne ankommen zu wollen, gespannt auf das Unwiederbringliche.

Touristenerfrischung vor dem Gasthof von August Holzendorf (Alsterwasser).

Mitunter stanken sie wie Wiedehöpfe, besonders an dem Tag, als sie im Taubenschlag des Bäckers das Wiesel gefangen und völlig erfolglos versucht hatten, es abzurichten. Artur II hatte an diesem Nachmittag den großen und grundlegenden Unterschied zwischen Theorie und Praxis erleben müssen. Und um ein Haar hätte er dabei sein rechtes Ohr verloren. Oder die Sache mit dem Kautabak! Nie war den beiden so sterbenselend gewesen wie bei diesem ersten Versuch.

Einmal, es war doch wieder sehr spät geworden, hatte der Schuster eine Flasche unter dem Tisch hervorgeholt, sie konzentriert und dann mit einem verhaltenen "Plopp" geöffnet und Artur II aus einem klebrigen Glas einen Schluck angeboten.

89 **Die herbe Wildheit der Landschaft läßt erahnen, welche Abenteuer erlebt werden konnten. Im Vordergrund die erwähnte Promenade.**

Artur I, der für einen Augenblick auf den Hof gegangen war, pinkelte sich vor Schreck fast auf die Stiefel, als er seinen Cousin laut jubeln hörte: "Artur, Artur, komm schnell! Ich trinke Sterne!"

Natürlich war es nur Champagner gewesen, eine Flasche, die Vater Alfred in aller Heimlichkeit dem Schuster zu dessen Geburtstag hatte zukommen lassen. Ein Rest vom Firmenjubiläum, versteht sich. Der Schuster und die beiden Arturs leerten die Flasche und gingen gemeinsam an die Promenade, Touristen mit den komischen Hüten aus der Baedekerwelt anschauen. Schier kaputt lachten sie sich.

Selten genug erlaubten sich die zwei Ehepaare, gemeinsam einen hübschen Sonntagnachmittag am Meer zu verbringen.

Artur & Artur lernten, wie und warum man das Leben lieben kann. Staunend wuchsen sie heran, ohne Harm und Tücke, doch niemals schüchtern, genauso wie all diese geographisch nicht zu bestimmenden Kinder, die ihre Träume erleben dürfen, jene Kinder, die mit allen Menschen verwandt sind und die es verdienen, ohne Ironie betrachtet zu werden.

Obwohl Inhaber und Mitarbeiter des Friseursalons in Nebel grundgütige Menschen waren, vermieden es Artur & Artur, die Prozedur des Haareschneidens mehr als vier Mal im Jahr über sich ergehen zu lassen.

Die Sache mit dem Wiesel war so gekommen: Der Schuster, den ja die Leute tuschelnd "Kommnist" oder "der Rote" nannten (Artur & Artur wollten sich das damals noch so erklären, daß seine schlohweisen Haare vielleicht früher einmal rot gewesen waren), dieser Schuster also hatte die Angewohnheit, immer wenn sein Messer zu schärfen war (was er mit hingebungsvoller Sorgfalt unternahm), eine Melodie zu pfeifen.

Einmal, nachdem er die Messerklinge zum Abschluß noch einmal an einem Lederriemen abgezogen hatte und nun mit dem Daumen vorsichtig prüfte, hatte Artur II, immer musikinteressiert, es gewagt, ihn direkt auf diese Tonfolge anzusprechen.

Der Schuster hielt inne, legte das Messer auf die Werkbank, drehte sich langsam zu ihm um, fuhr sich durchs Haar und hub an: “Tja, mein Junge, das ist aber eine sehr lange Geschichte!” Inzwischen jedoch war auch Artur I hinzugekommen, hatte sich erwartungsvoll auf eine Kiste gesetzt und schaute den Meister an. Der hatte wieder sein Messer zwischen die Hände genommen und prüfte wieder und wieder die Schärfe der Klinge. Dann legte er es beiseite und begann, sich gelassen und umständlich eine kleine Tabakspfeife zu stopfen. Mit Akribie setzte er sie in Brand.

Es war eine Meerschaumpfeife mit Bernstein-Mundstück; er hatte sie behutsam aus einem schwarzen, mit Samt ausgeschlagenen Futteral aus der Schublade eines Tisches genommen, ihr Kopf war geschnitzt. Er stellte eine geöffnete Hand dar, aus der sich die Blüte einer Rose öffnet. “Tja”, sagte er noch einmal, stieß voller Behagen einige Rauchwölkchen aus, holte tief Luft und begann dann auf eine Art aus seinem Leben zu erzählen, daß es Artur & Artur erschien, als hätten sie alle diese Abenteuer selbst erlebt und wären überall dabei gewesen.

Über den Schenken am Kai des alten Hafens von Marseille lastet der Duft von Pastis.

Und der Schuster berichtete von seiner Jugend, seiner Lehrzeit und dem Entschluß, als freier Schuhmachergeselle auf die Walz zu gehen. Er schilderte — und es war märchenhaft — wie er vor all den Jahren zu Fuß nach Syrakus gewandert, sodann, nach einigem Aufenthalt auf Sizilien, von Neapel per Schiff nach Marseille gereist war und dort, auf der Cannebière angekommen, schlendernd endlich Quartier gesucht hatte. Die Farben, dieses Licht des Südens und seine Düfte hatten ihn fasziniert.

Nachdem der Schuhmacher seine Lehre beendet hatte, ging er, wie es der Brauch war, auf Wanderschaft.

Er hatte sich ausgemalt, eine Werkstatt auf dem Lande, nahebei einer großen Stadt, zu eröffnen -- mit einem kleinen Garten dabei voller Bougainvilla und Hibiskus und dem Blick nach Westen. An jenem Abend, so fuhr er fort, wurde er von einer Gruppe fröhlicher Soldaten zum Pastis eingeladen.

In Erwartung eines frischen Legionärs. Schade um die Länder, die Helden brauchen.

Gegen einen Schluck auf seine neuen Pläne hatte er nicht das Geringste einzuwenden gehabt, "aber", so fügte er ein wenig verlegen hinzu, "ich muß zu meiner Schande gestehen, daß ich mich an jenem Abend ganz ungewöhnlich stark betrunken habe, regelrecht besinnungslos besoffen." So mußte es dann kommen.

Eigentlich hatte er nichts anderes vorgehabt, als die Tugenden von Mut und Tapferkeit im zivilen Leben auszuprobieren. Da, wie man weiß, Soldaten sich immer ähnlich sehen und ihre Uniformen sowieso, achtete der Schuhmacher weder auf Sprache noch Auftreten jener, die ihn in die dunkle Spelunke gelockt hatten. Ob es Hasardeure waren, die ihn um eines Handgeldes wegen preßten, oder Landsleute, die, über ihrem Schicksal verzweifelt, ihre eigenen Reihen verstärken und somit geselliger machen wollten -- der Schuhmacher wußte nichts Genaues, wollte aber auch nichts ausschließen.

Unversehens war der Schuhmacher in die Fänge der Fremdenlegion geraten. "Aber", und wieder paffte er einigen Rauch, "lange haben sie nichts von mir gehabt! Nach sieben Monaten", schmunzelte er, "bereits nach sieben Monaten bin ich über Casablanca mit einem Seelenverkäufer von Trampfrachter desertiert. Der Käptn hat mich versteckt bis Spanien, bis Almeria, aber das könnt ihr mir glauben, der hat mich mordsmäßig zur Kasse gebeten!" Er machte eine kleine nachdenkliche Pause und kaute auf dem Mundstück der inzwischen erloschenen Meerschaumpfeife. "Hm, jaja, und aus dieser Zeit stammt auch die Melodie, nach der Artur II mich vorhin gefragt hat."Artur fixierte seinen Cousin. Der zuckte die Schultern. Auf diese Äußerung des Schusters konnten sie sich keinen Reim machen. "Was soll ich euch sagen?", fuhr der aber eilig fort, denn er hatte die Ratlosigkeit der beiden sehr wohl bemerkt, "in Spanien dann habe ich weiß Gott nicht mehr als Schuhmacher gearbeitet. Es war Bürgerkrieg und ich, ich habe mitgekämpft in diesem Krieg."

97 **Auf der Flucht aus der Fremdenlegion trägt der Schuhmacher (rechts) noch unerschüttert die haltbaren Gamaschen der Wüstengrenadiere.**

Der Schuhmacher setzte seine Pfeife erneut unter Feuer, betrachtete nachdenklich die rote Glut in der aufblühenden Meerschaumrose, schaute Artur & Artur an und setzte (ihnen schien seine Stimme weniger fest zu klingen) hinzu: "Auf der richtigen Seite. Bei den Brigaden." Und dann summte er wieder diese Melodie.

Zurück in der Heimat bat ihn ein Freund, der den Krieg mitmachen mußte, spaßeshalber einmal seine alte Uniform anzuziehen. Der Schuhmacher tat es widerstrebend. Als er photographiert wurde, lächelte er: "Man muß den Mut zur Feigheit haben."

Er war inzwischen aufgestanden, strich sich mit beiden Händen das Haar nach hinten. "So", meinte er, als er die Weise beendet hatte, "so war das. Deswegen heiße ich denn wohl auch 'Kommnist' oder 'der Rote'". Und mit einem kaum merklichen Vibrieren seiner Stimme deklamierte er: "Länder in denen wir sorglos gelebt ..." "Oh", setzte er nach einem Blick auf seine Taschenuhr erschrocken hinzu, "Mitternacht kommt näher schon! Aber ich will euch zum Schluß doch noch schnell erzählen, daß dieses Tier da ..." und er wies auf ein kleines wieselähnliches Pelztier, das ausgestopft und mit gebleckten Zähnchen dennoch verblüffend naturgetreu und wie zum Angriff bereit auf ein Wandbrettchen praktiziert worden war, "also dieses Frettchen stammt auch aus jenen Zeiten. Es ist das Frettchen, was ich damals von Pablo übernommen habe. Pablo hatte es immer bei sich. Frettchen sind, müßt ihr wissen, äußerst tapfer, und sie nehmen jeden Kampf auf, besonders mit Schlangen. Dieses Frettchen war von Pablo dressiert worden, er hatte nämlich eine Heidenangst vor Schlangen." Er schluckte. "Pablo ist vor Madrid gefallen. Wo sonst außer bei mir sollte sein Frettchen denn bleiben?" Ja, und weil Wiesel so täuschend ähnlich aussehen wie Frettchen, hatten sich Artur & Artur im Taubenschlag des Bäckers zu schaffen gemacht ....

Von den Jahren nach den Kämpfen in Spanien, den erlittenen Verfolgungen und Verhören, den demütigenden Zeiten in Lagern und Gefängnissen berichtete der Schuhmacher den beiden nichts an diesem Abend und auch später nie.

Weder ein Wort über seine fünfzehnjährige Odyssee quer durch die Landschaften Europas, den ständigen quälenden Hunger, noch über das elendigliche Grauen, was ihn anfaßte und schier an den Rand der Verzweiflung getrieben hatte, als er, endlich zurück, die Orte aus der Zeit seines Aufbruchs in Schutt und Asche hatte liegen sehen. Als erwachsener Mann versuchte der Schuhmacher, auf seine Art Achtung zu tragen für die Träume seiner Jugend, auch wenn Leben und Arbeit am Rande eines Dorfes in deutschen Landen es nicht zuließen, je wieder der zu sein, der er einmal gewesen war. Er hatte begriffen, daß der Preis nie stimmt. Doch sein Herz war ohne Bitterkeit und heiter sah er sich als ein früh erfahrener Mensch, gelassen und großzügig geworden, aber noch immer beflügelt von der Idee einer besseren und friedlichen Welt, dabei aber nicht weltfremd. Einfach, aber nicht harmlos, mit Wut begabt, jedoch nie rücksichtslos.
Über abenteuerliche Umwege bekamen Artur & Artur Jahre später ein Päckchen zugestellt. Es enthielt ein die Zähnchen bleckendes ausgestopftes Frettchen, täuschend ähnlich wie beim Angriff lauernd, und ein schwarzes, mit Samt ausgeschlagenes Futteral, in das eingebettet eine Meerschaumpfeife lag. Der geschnitzte Kopf zeigte eine Hand, aus der sich eine Rosenblüte zu öffnen schien. Erst beim zweiten Hinsehen konnte Artur I die blasse spanische Inschrift auf dem hölzernen Brettchen entziffern: "El sueño de la razón produce monstruos."

Der Schuhmacher bei einem seiner frühen Spaziergänge in Syrakus; zeitlebens war er für Menschenrechte und klares Wasser.

Die Jahre gingen ins Land, und das Leben war für die beiden Arturs da, denn sie tanzten und lachten, waren nicht schüchtern, und über sich machten sie sich keine Sorgen. Wir schreiben nunmehr die Zeit zwischen ihrem dreizehnten und sechzehnten Lebensjahr.

Artur I liest viel. Er sammelt Gedanken, wie andere seines Alters Briefmarken oder Bierdeckel. Was ihm gefällt, schreibt er auf kleine Zettel, die er aus alten Geschäftskuverts der Korrespondenz seines Vaters schneidet. Diese stellt er hochkant in leere Zigarrenkästen. Artur I war schon damals ein begnadeter Wiederverwender, heute würde man sagen "Recycler". Eine Redewendung aus seinem bemerkenswerten Sprachschatz war denn auch stets: "Wir sollten die größte Sparsamkeit obwalten lassen, mein lieber Artur!"

Artur I muß damals schon gewußt haben, daß, wenn irgendwo, dann der Widerstand im Erzählen liegt, listig, schwer erkennbar, erst nach längerer Zeit wirksam. Er war ein Geheimniskrämer — und das sind die besten Geschichtenerzähler. Immer hat er einen haarscharf danebenliegenden Spruch oder ein Zitat parat. Lieber lacht er breit, als daß er schmal denkt. "Die richtigen Worte sind ja alle schon vorhanden," sagte er einmal zu seinem Cousin, "man muß sie nur finden." Fast liebevoll nennen ihn die Leute "unseren Kurzwortdichter aus Nebel."

Auch zu mancher Familienfeier wurde Artur II ans Klavier gebeten. Allerdings mußte er sich dann Brillantine ins Haar praktizieren und bekam einen Anzug geliehen.

Artur II hingegen scheint auf den ersten Blick etwas zurückgeblieben und latent debil, er scheint aber nur. Er ist versponnen und zeigt eine ganz außergewöhnliche musikalische Begabung: Aus dem Stand beherrscht er virtuos fünfzehn unterschiedliche Blas-, Zupf- und Streichinstrumente. So bleibt es nicht aus, daß er auf Dorffesten zum Tanz auf der Tenne das Piano und am Sonntagvormittag in der Kirche die Orgel spielen muß. Artur I begleitet ihn dazu mit exotischen Schlagwerkzeugen und einem rauhen, kehligen Gesang, und am Sonntag tritt er für seinen Cousin den Blasebalg der Orgel auf der Empore der Kirche.

Die Träume dieser Feuerwehrleute sind die Albträume der Bewohner von Nebel.

Wie überall war auch in Nebel die Freiwillige Feuerwehr sinnstiftendes Element der Dorfgemeinschaft. So richtig gemeine Brände hatte es seit Menschengedenken nicht gegeben, und die aufrechten Männer der Feuerwehr schienen darüber nicht einmal böse. Einmal im Jahr jedoch stellte ihnen die Gemeinde eine verfallene Kate oder eine eingestürzte Scheune zu "Angriffszwecken", wie es im Feuerwehr-Deutsch hieß, zur Verfügung; das geschah jedes Jahr in der Nacht des vorletzten Tages im April.

Das Frühstück am Ende dieser aufgeheizten Nacht war also nicht der Anfang eines mühseligen neuen Tages, sondern Ausklang eines wundervollen pyromantischen Erlebnisses, das der Männerrunde lang entbehrten Gesprächsstoff bescherte. Und abends folgte dann das gesellschaftliche Ereignis.

105 **Die Feuerwehrleute, wieder in Zivil, erfreuten die Ballbesucher mit kleinen Kunststücken, deren Publikumsreife von Kennern allerdings bezweifelt wurde.**

Zum traditionellen Feuerwehrball am 30. April, was bekanntlich auch die Walpurgisnacht und fremdenorts Vorabend eines gewissen Kampfabends (der Schuhmacher hatte ihnen von wunderbaren Prügeleien mit der Polizei erzählt, die an diesem Tage offenbar internationaler Usus waren) ist, war Artur I wieder als Musikus am Klavier gefordert. Es wurde eine lange, lange Nacht, das Bier floß in Strömen, und die beiden Unzertrennlichen waren gegen drei Uhr in der Früh rechtschaffen verelendet, hatten sie doch zum Entzücken der Gäste neben vielen

Potpourris beliebter Melodien wieder und wieder mit Schmelz und Trauer in Stimme und Instrument das Lied von Alfredo, Fernando und José vortragen müssen.

Artur II schlug die schwarzen und die weißen Tasten so weich an, spielte die Weise so klagend, daß die Pupillen der Damen groß und die harten Hände der Tänzer feucht wurden. Und als die beiden dann auch noch zweistimmig ansetzten:

"Sie sehnten sich nach der großen Welt,
Fernando, Alfredo und José.
Sie träumten von Chicago vom großen Geld,
Fernando, Alfredo und José.
Der eine putzt Schuh'
der andere macht Musik
der dritte sucht jeden Tag im Hafen sein Glück.
Sie hatten die Welt sich anders vorgestellt,
Fernando, Alfredo und José.
Und am Abend träumten sie
von Santo Domingo
von Santo Domingo
und weißen Orchideen,
von dem Märchen einer Nacht
in Santo Domingo
und Wundern, die dort noch gescheh'n. ...",

Einige waren so ergriffen von Arturs musikalischen Darbietungen, daß sie bei geöffneten Türen und Fenstern in der Gaststube verharrten.

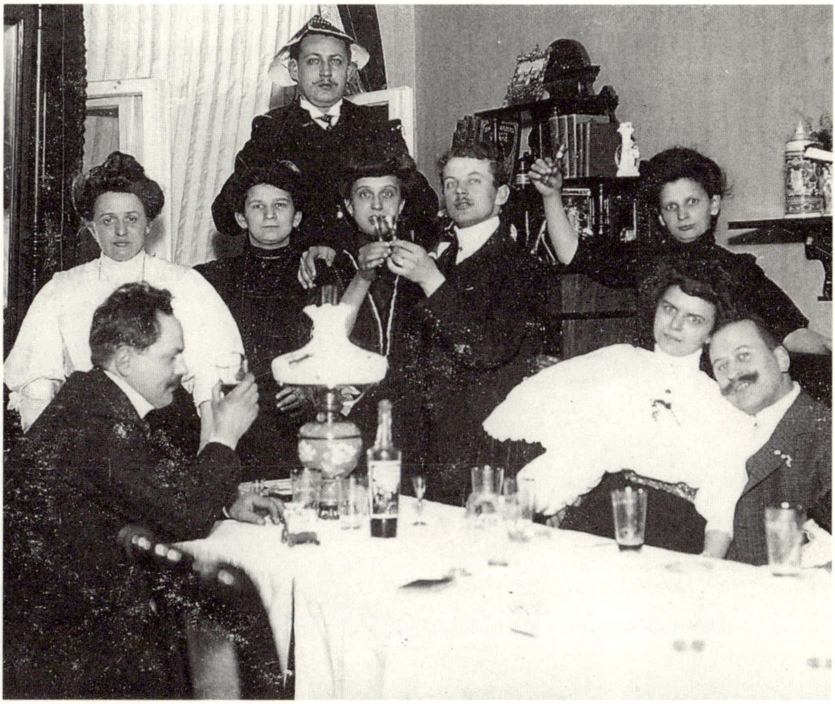

da wurde schon mal das eine oder andere parfümierte Spitzentaschentüchlein gezückt und manch schwielige Hand fuhr verstohlen über ein Augenpaar. Und alle, alle fielen mit Inbrunst in den Refrain ein:
"... von Santo Domingo
und weißen Orchideen ..." —
als plötzlich ein glockenreiner Sopran ertönte und alle Stimmen überlagerte:
" ... von dem Märchen einer Nacht
in Santo Domingo
und Wundern, die dort noch gescheh'n."

Das Glück ist eine Schwester der Tapferkeit, das weiß Zora schon lange.

Bei der Wiederholung hatte sich eine junge Frau aus der Menge gelöst. Es war ihre Stimme, die flirrend dominierte. Ihr flammendrotes Haar stand wild vom Kopfe ab. Sie wiegte sich leicht in den Hüften und ging singend auf Artur & Artur zu.

Aus einiger Distanz schaut der Schuhmacher den Tanzenden zu. Zwar hat er sich den Bart gestutzt, Hut, Mantel und Stresemann angelegt, aber dennoch -- er weiß Bescheid.

Mit der linken Hand gab sie ihnen ein kleines Zeichen. Artur I hatte sogleich verstanden. Die Paare standen benommen und stumm auf dem Tanzboden.

Die junge Rothaarige lächelte ein Lächeln voller Geheimnisse, nickte in die Runde, und die drei spielten und sangen den Refrain ein allerletztes Mal. Das Fest war zuende.

Niemand wußte je zu sagen, woher Zora gekommen war. Sie war einfach da. Das genügte. Eine mittelgroße, sehr schlanke, mit Vorliebe in tiefes Schwarz gekleidete junge Frau, die, wo immer sie auch auftauchte, sogleich die aufmerksamste Beachtung auf sich zog. Es waren nicht nur ihre tiefroten wilden Haare, die sie offen trug und die sie mit einer nachlässigen Bewegung der Hand erfolglos zu ordnen suchte, es waren auch nicht nur ihre geringfügig schrägstehenden strahlenden grünen Augen, welche, durchsetzt mit goldenen Punkten, Blitze auszusenden und in den Farben des Regenbogens zu funkeln schienen. Ihre Augen hatten die jugendliche Lebendigkeit der Unverbrauchten, die immer noch bereit sind zu kämpfen und zu hoffen bis zum letzten Moment. Manchmal legte sich ein Schatten von Zweifel oder Trauer über ihre Augen, der erschüttern konnte. Die ganze Person strahlte Geheimnis und Klarheit zugleich aus. Ihre natürlichen, fließend geschmeidigen Bewegungen, die langen schmalen Hände, mit denen sie ihre Rede elegant und treffend verstärken konnte, ihr federnder, leicht wiegender Gang und die Art, wie sie beim Zuhören konzentriert den Kopf etwas schieflegte. Und dann — natürlich! — das kreisrunde, etwa pfenniggroße schwarze Muttermal auf dem Jochbein unterhalb des linken Auges.

Zora hatte den archaischen Charme einer Katze, anschmiegsam und dennoch voll höchster Aufmerksamkeit weich, doch stets bereit. Dabei jedoch tänzerisch im Einklang mit sich selbst, Ja, wie eine Katze, die zwar gern, aber niemals zu viel gestreichelt werden will, weder zu zähmen noch abzurichten. Und erst ihr Lächeln, das ihre ein klein wenig schiefstehenden perlweißen Zähne verstärkten! Es gab nichts Falsches oder Eingebildetes, keine Koketterie. Sie lächelte, als ob sie alles, alles wisse, ungekünstelt und frei, mit einem Schatten kaum erkennbaren Spotts um Nase, Mund und die grünen Augen, als sei sie zu müde zum Lügen, hätte zuviel gesehen, was schmerzt, und als wolle sie sagen: "Mich mußt du dir leisten können. Mich bekommst du nicht geschenkt."

Zora strahlte, fesselte, schlug in den Bann. Ihr gegenüber ahnte man, daß Gedanken explodieren können, verkam mühsam Angeeignetes zu Schmierentheater: Wer mit Zora zu tun hatte, den ergriff und beutelte der Kampf zwischen Feuer und Eis, zwischen grenzenloser Scham und flammendem Zorn. Sie beherrschte es, sich und ihrem Gegenüber ohne Getue, Zwergenleidenschaften und fixe Ideen verborgene Geheimnisse mitzuteilen.

Zora hatte die einsame Macht, wie sie wohl auch manche Hexen haben; aber sie mißbrauchte sie nie wie so manche ihres Geschlechts, die listenreicher aussehen als sie sind, oft aber nur mit wirr angelesenen Errungenschaften der Esoterik Schindluder treiben und mit theatralischen Posen versuchen, noch die alltäglichste Äußerung beeindruckend erscheinen zu lassen, mithin keineswegs Hexen sind.

Nie sagte Zora etwas, was den Anschein erwecken sollte, klug zu klingen. Wer mit ihr zu tun hatte, dem öffnete sie den Blick, den stieß sie an, die Entscheidung zu treffen, ob er nun zu den Teilen des Problems oder jenen der Lösung gehöre, und was das denn für das eigene Leben zu bedeuten habe. Trotz ihrer Macht haßte sie es, belehrende Vorträge zu halten. Sie hatte eine Schwäche für hoffnungslose Fälle.

Nach jenem Dorffest hatte sie sich fest in ihren schwarzen Umhang gehüllt und, zu den Arturs gewandt, leis' geflüstert: "Kommt! Was die Zukunft bringen wird, wissen wir nicht. Aber das, was wir verlassen, das kennen wir! Wenn WIR nicht den Mut haben zu kämpfen, können uns die anderen auch nicht weiterbringen. Also kommt!", und sie hatte sich den roten Schal mit einer entschlossenen Bewegung über die linke Schulter gelegt. Den beiden erschien sie so vertraut, als hätten sie ihr voriges Leben mit ihr verbracht.

Zora hatte sich ihren schwarzen Hut aufgesetzt und drehte sich, schon im Weggehen, noch einmal um.

Eine seltsame Traurigkeit hatte sich über den Platz gesenkt. Zora begab sich zu Artur & Artur an das Instrument. Aus einem silbernen Etui bot sie den beiden würzige Zigaretten an. Sie rauchten schweigend.

Der Festplatz lag lange schon verlassen da, als Artur II, nachdem er noch einen letzten Zug genommen, erneut zart die Tasten anschlug. Er hielt seinen Kopf leicht geneigt und schaute versonnen hinauf in den klaren Sternenhimmel des Nordens.

Zora hatte ihm weich und herzzerreißend unzüchtig ihre Fingerspitzen in den Nacken gelegt, mit der linken hielt sie Artur I bei der Hand, und durch die rotgetränkte Luft des heraufziehenden Morgens klang der zweite Satz des Fünften Klavierkonzerts von Beethoven. "Quelle nuit!" murmelte Zora, als der letzte Ton sanft verklungen war. Und die drei jungen Menschen gingen, nein sie schritten durch das träge Licht der aufgehenden Sonne dem Strand entgegen.

"Sie säen nicht,
sie ernten nicht,
aber der Herrgott ernähret
sie doch ..."

Der neue Tag, ein Sonntag, brachte die Wende. Artur & Artur wurden in Nebel zwar als ein wenig außergewöhnlich und so recht eigentlich nicht als gesellschaftsfähig betrachtet, aber was an diesem Vormittag den Nebelern widerfuhr, war ihnen denn doch zu viel. Artur & Artur hatten sich völlig übermüdet und ausgelaugt, aber guter Dinge ihrer Verpflichtungen erinnert.

Sie waren zur rechten Zeit in der Kirche an der Orgel erschienen. Der Pastor hatte einen Teil seiner Predigt gerade mit dem Satz: "... sie säen nicht, sie ernten nicht, aber der Herrgott ernähret sie doch", beendet, und Artur II hätte nun auf der Orgel "Lobet den Herrn ..." anstimmen müssen, als überhaupt nichts geschah.

Er war eingeschlafen. Sein Kopf ruhte auf der Tastatur. Artur I indes stand mit rotgeränderten, halbgeschlossenen Lidern dösend am Blasebalg. Erst als der Kirchendiener das dritte Mal krähend und verkrampft gehustet hatte, gelang es ihm, seine Augen ganz zu öffnen. Sofort begann er heftig den Blasebalg zu treten, gleichzeitig puffte er seinen Vetter hart in die Rippen. Artur II schreckte auf, sah sich betroffen um, zog alle Register, schlug in die Tasten und brüllte durch die Kirche "DAMENWAHL!!!" Die eintretende stille Fassungslosigkeit der versammelten Gemeinde war lähmend, wenn auch nicht ohne Vehemenz. Der Pastor tupfte nervös seine Stirn und nestelte an seinen Beffchen, einige schauten ungläubig zur Orgel hoch, der Rest der Versammelten saß ergeben, stumpf und dumpf im hölzernen Gebänk, als endlich eine schrille Stimme keifte: "Das ist zuviel! Raus!" Wie auf ein Stichwort und eilfertig nahm der senile Kirchendiener die beiden Arturs rechts und links bei den Ellenbogen und führte sie aus dem Gotteshaus.

Im Schatten der Kirchhofsmauer ließ er sie stehen, musterte sie aus wässrigen Augen noch einmal tückisch, wandte sich ab und ging wieder seinen tristen und bedenklichen Verrichtungen nach.

Artur I schaute seinen Cousin sinnend an und rieb sein Kinn. Dann richtete er sich auf. Ein fulminantes Gelächter erschütterte seinen Körper, und er schlug Artur II auf die Schulter. "Artur!", rief er, nach Luft japsend, "Artur, mein Alter, das ist unser Kairos, der Augenblick, in dem die Götter nicken!" Er packte ihn und deutete mit dem Kopf auf ein herrenloses Motorrad. "Komm", grinste er, "wir fahren Onkel Bertram besuchen! Etwas Überzeugenderes als eine Kirchenorgel finden wir überall!"

Auch Artur II strahlte inzwischen übers ganze Gesicht. Dann stopfte er geschwind seine Tabakspfeife, setzte sie in Brand und dann, dann fuhren sie ab, donnernd, auf und davon, Richtung Süd-Südwest, Richtung Klein-Denkte. Da die Reise unvorbereitet war, verlief sie nicht ganz ohne Unbilden, aber sie kamen staubig, mit ölverschmierten Händen und in hervorragender Stimmung an ihr Ziel. Onkel Bertram trat in einem verschlissenen blau-rot gestreiften Schlafrock mürrisch vor die Tür. "Wo kommt IHR denn her?", war seine erschütterte Frage. "Na", sagte Artur II schüchtern, "aus Nebel, Onkel Bertram, mit dem Kraftrad aus Nebel, woher denn sonst?!"

Bertram grunzte und machte eine obszöne Handbewegung. "Artur & Artur, na ja", meinte er geringschätzig, "eure Familien sind ja auch so ein Kapitel für sich! Was gibt's denn?" Ehe einer der beiden antworten konnte, näherte sich aus der Ferne heftiges Knattern und zwang sie, ihre eher einsilbige Konversation vorerst zu unterbrechen. Die rote Mähne unter eine Lederkappe gezwängt, eingehüllt in eine Staubwolke, kam eine weitere Gestalt per Motorrad dahergebraust, und was für eine: Zora, wer sonst.

Zora auf dem Motorrad. Hier lehrt sie Artur & Artur korrektes Kurvenfahren.

Sofort war der alte Onkel Bertram hellwach, gürtete seinen speckigen Bademantel fester, straffte mit einem Lächeln seine teigigen Züge und legte Charme in seine Stimme: “Aber so kommt doch herein. Bitte sehr, hier entlang ...’” Und dann erzählten sie, erzählten und wurden es nicht müde. Immer wieder blitzten Bertrams Augen kurz auf, und ein Lächeln huschte über sein faltenreiches Antlitz. Als begabter Trinker hatte er einen ehrlichen Branntwein geöffnet und dann, während er kaum verständlich murmelte: “Ich weiß, daß es ein Charakterfehler ist, aber man hängt nun mal an seinen Ritualen”, eine weitere Flasche.

Onkel Bertram mußte sich unbedingt auf Zoras Motorrad setzen. Die Weißnäherin aus Groß-Denkte, die zufällig vorbeigekommen war, wurde von ihm auf den Soziussitz genötigt. Im Hintergrund der Eingang zur Wäscherei.

Er wirkte ein wenig unruhig, fast jugendlich, als er gegen Mitternacht feierlich seine Stimme erhob: "Gut", räusperte er sich, "ihr Drei seid aus dem gleichen Holz wie ich geschnitzt. Das ist gut, das ist sehr gut. Meine Einfachreinigung gewährt mir zwar ein schlichtes Auskommen, und", wieder hüstelte er, "meine eigenen Sachen wasche ich immer im Schongang, das ist irgendwie menschlicher ... aber ihr Drei ..." — er richtete seine gelblichen Augen auf Zora, "eigentlich macht ihr Drei da weiter, wo ich aufgehört habe. Ich war nicht mehr stark genug, damals ..." Er fuhr sich über's schüttere Haupthaar und fügte, ein wenig schwerzüngig schon, hinzu: "Ihr nehmt all meine Träume mit euch, vous emportez toutes mes rêves!"

Das Foto aus besseren Tagen: Die blutjunge Witwe H. hatte Bertram zur Kurzweil in ihren exotischen Kleingarten genötigt.

Was hätte er jetzt nicht darum gegeben, wieder unterwegs zu sein, weg von diesen Gedanken! Von seiner eigenen Rührung schier übermannt, pruckelte Onkel Bertram an seiner abgegriffenen Geldkatze und brachte ein altes Photo zum Vorschein. In den weiland Zeiten war er ja durchaus kein Kind von Traurigkeit gewesen. Ein erbärmlicher Husten holte ihn in die Gegenwart zurück. Der Abend war lang gewesen, allen brannten die Augen.

Wenn eine Frau einem Mann den Schnaps bezahlt, sinnierte Zora, muß sie wenigstens nicht über seine Witze lachen.

So ergriff Bertram sein Glas und hielt es empor. Sein Blick ging von einem zum anderen. "Vergeßt nicht, wie Brot schmeckt, mes enfants, nicht den Geschmack von Rotwein und vergeßt nie die Macht eurer Träume, aber ..." und wieder dieser maßlose Husten, "... aber fragt mich bitte nicht, was ihr tun sollt! Ich sage euch, lebt wild und gefährlich, Artur, schreib dir das auf, Artur, für deine Sammlung!"

Und dann geschah das, was immer geschieht, wenn es dieses eine kleine Glas zuviel ist, wenn die Augen rund wie Teetassen und Mimik, Gestik, Sprache und Habitus klebrig werden.

“Es macht mich mutlos und außerdem halte ich es für einen unfairen Wettbewerb, daß die Brennerei den Schnaps schneller in Flaschen abfüllt, als ich ihn austrinken kann,” brummelte er, und darauf setzte sich der alte Onkel zurück in seinen pekigen Ohrensessel, er hatte die rechte Hand auf die hochrote Stirn gelegt und die Füße auf die Sitzfläche gestellt, so daß seine Kniee ihm fast ans Kinn stießen, eine vorzügliche Stellung für den an Blasenschwäche und dem Hang zur Darmabsenkung Leidenden.

Seine Augen hatten sich mit Tränen gefüllt, er hielt jetzt die Kniee umklammert und schniefte: “Ich bin ein fehlgeleiteter Mensch, desorientiert und hilflos. Ich stehe charakterlich außerhalb jeder Norm des Humanen ... sozialethisch völlig ...”, er schluchzte vor Wut, brachte aber seine larmoyante Selbstanalyse nicht zuende, denn Zora nahm einen tiefen Zug aus der Selbstgedrehten, griff ihr Glas, ließ die roten Haare fliegen, ging auf ihn zu und wollte mit ihm anstoßen.

Aber Artur I, der die ganze Zeit über still und nervös sich am Ohrläppchen gezupft hatte, war schneller. Gepreßt stieß er hervor: "Laß es raus, Bertram, laß es raus und laß es zu! Jede Träne, die du weinst, fügt deinem Leben Zeit hinzu!" Bertram stutzte. Scheel blickte er seinen Neffen an. Ganz allmählich erreichte ihn dessen sarkastisch-therapeutische Aufforderung, wirkte dann aber unversehens auf einen anderen Bereich seines Unterbewußten: Bertram schaukelte sich mühsam halb aus seinem Sessel hoch. Noch immer seinen Branntwein in der Hand, entfuhr ihm ein grundgewaltiger Furz. Zora, von unterdrücktem Lachen geschüttelt, prostete ihm nun endlich zu und hauchte: "Wild und gefährlich? Aber immer!", und sie drückte dem Alten einen feuchten, warmen Kuß mitten auf die Nase. Sie sah ihm mit Augen wie von weichem Stein direkt ins Gesicht: "Du hast viel im Leben versäumt, nicht wahr, Bertram?" Bertram, sichtlich angerührt, reckte sich trotz seiner geringen Körpergröße hoch auf, breitete die Arme aus, umfaßte Zora und die beiden Arturs und deklamierte: "In meinem Herzen ist kein Platz mehr für Satire. Molière. Macht euch keine Sorgen! Ich habe meine Rechnungen bezahlt." Dann löste er seine Arme von den Dreien und artikulierte überdeutlich: "Was immer euch begegnen mag — vergeßt den alten Bertram nicht! Und — obwohl ihr alle es ja schon lange wißt: Es ist viel leichter, draußen zu bleiben als auszusteigen." Dann kam ihm der letzte Rest seiner ohnehin schon bescheidenen Kommunikationsgabe abhanden. Er sackte wieder zurück in den Sessel und begann auf der Stelle herzlich zu schnarchen.

Um sich von ihrem Vaterlande auszuruhen, fuhren Zora, Artur & Artur (links im Bild) einige Zeit später in Frankreichs Süden. Aber das ist ein anderes Kapitel. Dieses Photo hat Zora geschossen. Jean-Paul (vorne rechts) hatte sich bereits Hals über Kopf in sie verliebt.

"Es ist schlimmer als ich dachte," murmelte Artur II und fuhr sich über die Augen. Und weil nur wenige wissen, wie man mit Müdigkeit korrekt umgeht, legten Zora, Artur & Artur ihm sacht eine Wolldecke über den Schoß. Sie sahen einander lächelnd an. Und in dieser Nacht beschlossen sie, ihre Freiheit von nun an nie wieder zu verlieren.

Liebet die Idee an sich!

Clemens Walter lebt unter seinem vollen Namen als Ent-Decker von Artur & Artur sowie eigenartiger Postkarten in Berlin und Südfrankreich. Verdiente sein Leben wenn nicht als Kellner und Hilfsgraveur, dann als Taxifahrer und Lohntrauzeuge. Ein mehrjähriger Aufenthalt in Afrika hat leider nichts gefruchtet.